Le musée du quai Branly

Illustré par Henri Fellner
Réalisé par Gallimard Jeunesse
et Jean-Philippe Chabot

musée du quai Branly

GALLIMARD MES PREMIÈRES DÉCOUVERTES DE L'ART

Tout près de la tour Eiffel,
admire la façade du musée du quai Branly
avec ses «boîtes suspendues»
de toutes les couleurs!

Les boîtes suspendues contiennent
les collections d'objets d'art d'Afrique et d'Asie.
À l'intérieur du musée sont installées aussi
les collections des Amériques et d'Océanie.

Dans le hall d'entrée, un grand cylindre de verre abrite un monde magique de formes et de sons. C'est la réserve des instruments de musique provenant des quatre continents représentés au musée.

Statuette magique du Nigeria

Statue en bois d'une femme portant son enfant provenant de Côte d'Ivoire

Autrefois au Gabon, des danseurs portaient ce masque de bois.

Voici quelques exemples d'art du continent africain

Ce masque en bois du Nigeria a la forme d'un poisson-scie.

Cette statue du Cameroun en bois et perles de verre représente une reine portant une coupe.

Le corps
de ce personnage
est constitué d'une harpe
dont jouaient les femmes
du Soudan.

Celle-ci,
arquée,
est en bois,
peau et boyau
d'animal.

Les ossements des ancêtres
étaient conservés
dans un panier reliquaire
surmonté d'une figure.

Voici une statue
de gardien de reliquaire
du Gabon, en cuivre et laiton.
Plus fragile, le panier a disparu !

Un forgeron d'Angola
rassemble divers matériaux
pour créer sa statuette.

Il sculpte le bois
et assemble du coton,
des coquillages,
de la corne, du métal,
des coquilles d'escargots,
un miroir, des graines,
des noix, des fruits
et des pigments ou
poudre de couleur !

Le résultat est
une statuette magique
destinée à procurer
des richesses.

Entre maintenant
dans l'espace qui contient…

Admire cette peau de tambour
peinte, tendue sur un cadre.

Ces vases en céramique
du Pérou avaient
un usage funéraire.

Cette
figurine
en argent
et pâte
de couleur
représente
un homme
du Pérou.

... les collections
des Amériques.

Portrait d'un chef indien
peint par l'artiste
George Catlin

Cette cuiller en corne
à tête d'oiseau était utilisée
par les Indiens des plaines
des États-Unis.

Continue ton voyage en visitant
les collections d'Asie.

Épouvantail
du Vietnam
en vannerie
de lamelles
de bambou

Masque rituel
en bronze
provenant d'Inde

Figurines pour théâtre d'ombres,
découpées dans de la peau d'âne,
représentant des porteurs

Ce beau costume
de femme
en coton tissé
et brodé est
d'origine
vietnamienne.

Maternité indienne
en bronze sculpté

En Sibérie, cet homme
sculpte un morceau de bois
choisi dans la nature.

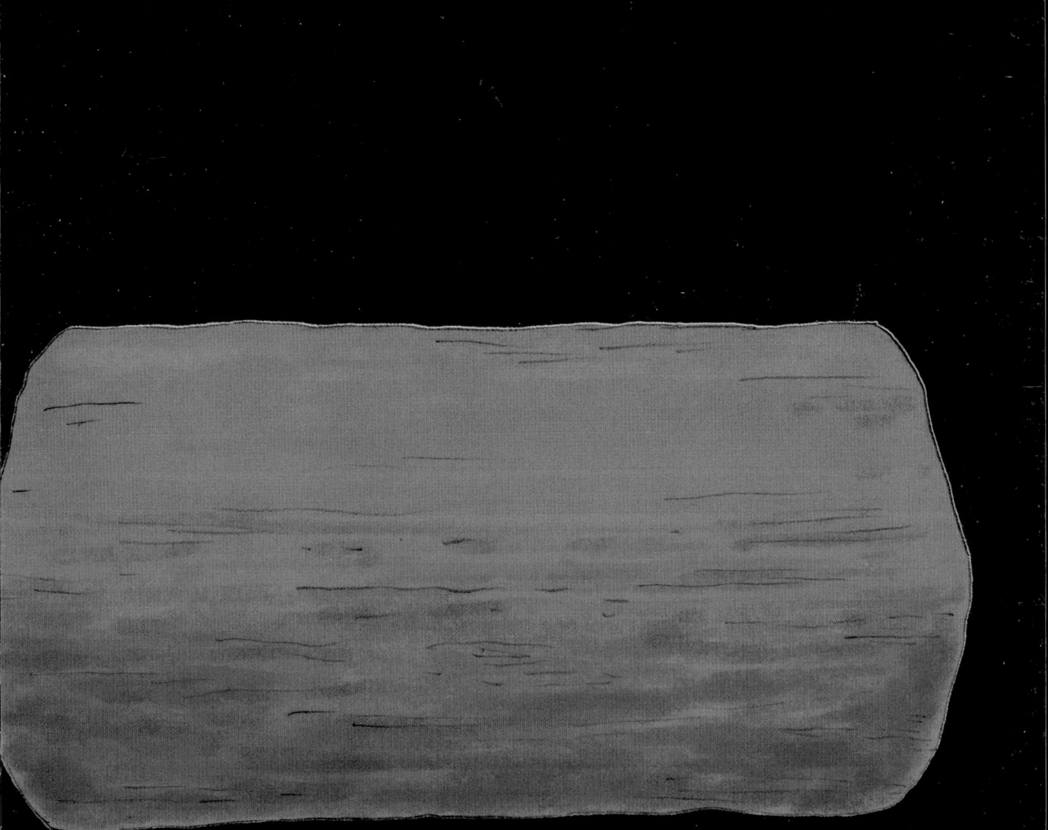

Cet ours en bois provenant de Sibérie était peut-être
un jouet ou un support d'esprit.

Cette sculpture papou est composée de bois, pigments et fibres végétales.

Cette statue d'oiseau peinte vient d'une île de l'océan Pacifique.

Pierre à magie en tuf volcanique du Vanuatu

Ici tu vas observer
l'art de l'Océanie.

Cette marionnette
est composée de bois,
toile d'araignée,
dent de cochon,
pâte et fibres
végétales.

Kangourou
peint sur
écorce par
un artiste
aborigène

Ces habitants de l'île du Vanuatu
sont des pêcheurs.
Certains d'entre eux sont
aussi des sculpteurs !

Ils utilisent
toutes sortes de
matériaux glanés
dans la nature
qui les entoure.

Ce masque de danse
est fait de fibres végétales,
de bois, d'écorce,
et peint avec
des pigments naturels.

Ici tu peux admirer
des chefs-d'œuvre
de provenances
et d'époques diverses.

Figurine en papier découpé
Mexique

Jarre
Colombie

Poupée
rituelle hopi
en peuplier
Amérique

Maternité
en céramique
Mexique

Statue
en fer
forgé
Brésil

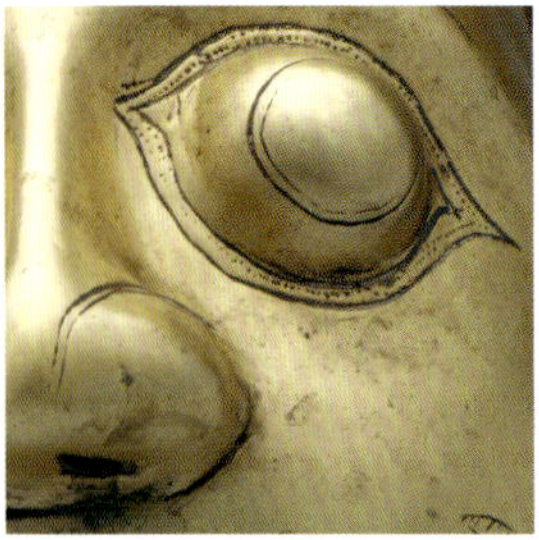

Regarde bien ces détails des œuvres
que tu as vues dans le livre
et retrouve à laquelle ils appartiennent !

MES PREMIÈRES DÉCOUVERTES DE L'ART

DÉJÀ PARUS DANS LA COLLECTION :

Les tableaux
Le Louvre
Le château de Versailles
Vincent Van Gogh
Henri Matisse
Pablo Picasso
L'impressionnisme
Paul Gauguin
Musée du quai Branly
Le Centre Pompidou

Le musée du quai Branly

LISTE DES ŒUVRES :

Statuette Yaka ou Mambila, Nigeria, bois, 48 x 19,4 x 21 cm
Maternité Dan, Côte-d'Ivoire, bois, aluminium, fibres végétales, pigments, 63,5 x 20,3 x 16,6 cm
Masque anthropomorphe Adouma, Gabon, bois, pigments, 55 x 19 cm
Cimier zoomorphe, Ijo, Nigeria, bois, pigments, 33 x 43 x 190 cm
Statue royale, Bamileke, Cameroun, bois, perles de verre, tissu, cauris, 115 x 46 cm
Harpe arquée, Azande, Soudan, bois, peau, boyau, 44,9 x 65,8 x 20,5 cm
Statue de gardien reliquaire, Kota, Gabon, bois, cuivre, laiton, 63,6 x 29,5 cm
Tambour sur cadre, Région des Plaines, États-Unis, bois, peau peinte, 42 x 42 cm
Figurine masculine, Empire inca, Pérou, argent, incrustations de pâtes de couleur, 20,1 x 6,4 cm
Vase représentant un singe, Civilisation mochica, Pérou, céramique bichrome, 14,3 x 22 x 17,2 cm
Vase anthropomorphe, Culture nasca, céramique polychrome, 27 x 17 cm
Portrait de chef indien, peinture à l'huile de Georges Catlin, États-Unis, 81 x 65 cm
Cuiller Sioux, États-Unis, corne, 33,8 x 5 cm
Masque rituel représentant Bhairava, Inde, bronze, 17,2 x 31,4 x 18 cm
Épouvantail Gié, Vietnam, vannerie de lamelles de bambou 119,5 x 114 cm
Figure d'ombres : palanquin avec porteurs Han, Chine, peau d'âne
Costume de femme, Hmong Len, Lao Cai, Vietnam, coton, 190 x 118 cm
Statuette représentant une mère et son enfant Kondh, Orissa, Inde, bronze, 15,25 x 30,5 cm
Jouet ou support d'esprit représentant un ours Nivkh, Sibérie, bois, 4,3 x 12,8 cm
Pierre à magie, Vanuatu, Tuf volcanique, pigments, 27,5 x 10,8 cm
Sculpture d'oiseau, Île de Bougainville, Papouasie Nouvelle-Guinée, bois, pigments, fibres végétales, 51,3 x 53,5 x 14,1 cm
Sculpture anthropomorphe masculine Sepik, Papouasie Nouvelle-Guinée, bois, fibres végétales, pigments, 48,5 x 11 x 11,5 c
Kangourou femelle, Terre d'Arnhem, Australie, écorce d'eucalyptus, pigments, 73 x 70 cm
MarionnetteVanuatu, bois, pâte végétale, pigments, dent de cochon, toile d'araignée, fibres végétales 43.5 x 26 x 23 cm
Masque Vanuatu, fibres végétales, bois, écorce, pigments naturels, 88 x 22 x 21 cm
Figurine en papier découpé Otomi, Mexique, papier industriel, 34,5 x 22 cm
Jarre anthropomorphe, Culture quimbaya, Colombie, céramique, 25 x 20,5 cm
Poupée rituelle, Hopi, Arizona, bois polychrome (peuplier américain), 13,91 x 27,4 cm
Statuette du Candomblé figurant un diable, Brésil, fer forgé, 23,2 x 16 cm
Maternité, Culture des Tombes à puits, Jalisco, Mexique, céramique, 40 x 15,5 cm

Responsables des éditions : **Clair Morizet**, musée du quai Branly, **Anne de Bouchony**, Gallimard Jeuness
Coordination éditoriale : **Muriel Rausch**, musée du quai Branly, **Nathalie Corradini**, Gallimard Jeunesse
Photographies : © **Patrick Gries**
Maquette : **Concé Forgia**, Gallimard Jeunesse

ISBN Gallimard Jeunesse : 978-2-07-055983-1
ISBN musée du quai Branly : 2-915133-28-X

Premier dépôt légal : juin 2006 Dépôt légal : juin 2009

Numéro d'édition : 170013
Imprimé en Italie par Zanardi Group
Loi n° 49-956 du 16 juillet 1949
sur les publications destinées à la jeunesse